SURPRISE PARTY

ALICE CAYE

Illustré par Gwen Keraval

L'Éditeur tient à remercier particulièrement :
– Madame Michèle Courtillot, professeure agrégée,
chargée de mission auprès du recteur de l'Académie de Paris ;
– Madame Sabine Delfourd, professeure des écoles à l'École
active bilingue Monceau, Paris ;
– Madame Martina Mc Donnell, enseignante-chercheuse
au département de Langues et Sciences humaines
de l'Institut national des Télécommunications (INT), Évry ;
pour leurs précieux conseils.

Avec la participation de Madame Elisabeth Mc Donnell.

Création graphique et mise en page (couverture et intérieur) :
Zoé Production.

Chapitre 1
Vivement demain !

– Pfff… Quel travail ! Si j'avais su que c'était si fatigant de fêter son anniversaire…, soupire Annabelle tandis qu'un grand sourire dément ses lamentations.

– Je te l'avais dit que ce serait long… Pour mes quatorze ans, j'avais passé presque trois semaines à tout organiser, pérore Julie en secouant sa longue queue de cheval.

Annabelle se demande toujours quand sa petite queue de rat à elle aura atteint l'opulence de la chevelure de sa sœur aînée. Elle porte souvent des couettes pour mieux cacher ses cheveux trop maigres… Annabelle est petite, trop petite à son goût. Elle a un nez en trompette, des lunettes qu'elle déteste et un sourire dont elle connaît le pouvoir sur ses parents.

– Et si je posais des bougies sur le rebord de la fenêtre ? Ça donnerait un air de fête à la maison depuis l'extérieur, suggère Annabelle.

– Le vent risque de les éteindre, sans compter que la mère Tintouin va encore faire des histoires.

– Je ne vois pas pourquoi. On est chez nous, non ?

– Elle serait capable de dire qu'on va mettre le feu à sa haie, tu sais comment elle est.

– Bon. On abandonne l'idée, alors.

Ce ne sont pas les idées qui manquent à Annabelle pour son anniversaire…

La salle de séjour est un vrai champ de bataille. Des papiers multicolores jonchent le sol, des confettis* se sont échappés d'un sac et éparpillés dans la pièce, les sacs en plastique du supermarché, encore à moitié remplis, traînent partout. Dans un coin, près de la porte de la cuisine, des cartons de boissons gazeuses et de jus de fruit sont entassés, n'ayant pas encore trouvé place dans le réfrigérateur. Une bonne odeur de chocolat flotte dans l'air.

– Maman, tu crois vraiment qu'on a acheté assez de bonbons ? Tu connais les copains de l'École anglaise… Je sais : « ils doivent avoir les boyaux tout collés », d'accord, mais demain, ils sont MES invités, pas question d'être « short en bonbecs » comme dit Timothée.

– Tiens, tiens, Timothée est de nouveau au hit parade, on dirait…

– Oh, ça va, ça va, Julie, est-ce que je fais des réflexions dès que tu parles de tes copains, moi ?

– T'as pas intérêt. Et puis, je te rappelle qu'à mon âge il y a certaines choses qui sont naturelles, tandis que toi…

– Bon, les filles, au lieu de vous taquiner, venez donc m'aider à accrocher cette guirlande. Ce n'est pas le moment que je tombe de l'escabeau, n'est-ce pas Annabelle ? J'ai bien peur que tu n'aies encore besoin de ta Maman demain…

Les guirlandes préparées par Annabelle forment un petit tas multicolore sur la moquette. L'une d'elles pend du plafond, retenue par une seule extrémité tandis que Madame Valentin tente de placer son escabeau pour fixer l'autre bout.

— Vas-y Môman ! Vas-y Môman ! Vas-y ! chante Annabelle à tue-tête. Tombe pas, Môman !

Les deux filles sont arc-boutées sur les pieds de l'escabeau et leur mère, dressée sur la pointe des pieds sur la plus haute marche, tente d'enfoncer la punaise dans le plafond.

La porte d'entrée s'ouvre sur le docteur Hervé Valentin, père d'Annabelle et de Julie.

— Dis donc, qu'est-ce que ça sent bon, ici ! Je parie que ce n'est pas pour moi… Mais vous êtes folles ! Tu vas te rompre les os, Nathalie, descends, je vais le faire.

— Pourquoi veux-tu que je me rompe les os ? Ça y est, c'est fait, tu vois ?

— Bon, bon, ne te vexe pas. Tout ce que j'en dis, c'est que quelques centimètres de plus en hauteur et quelques kilos de muscles supplémentaires sont parfois utiles à certaines tâches manuelles n'exigeant pas grande intelligence…

— Oh… Papa !

— Oh… chéri ! s'exclament en riant les trois femmes de la maison, habituées de ces plaisanteries.

— Bon, Docteur Muscle, l'incident est clos. En revanche, tu peux m'aider à ranger les cartons de boissons.

— Mais ils ne vont pas boire tout ça quand même. Tu as invité combien de personnes, Annabelle ?

— Oooh… une vingtaine…

— Et à vingt tu penses que vous allez boire cinquante litres de soda ? !

— Laisse, Hervé, ça n'a pas d'importance, ça se garde.

— Et tous les bonbons, là, c'est pour décorer ?

— Comme l'expliquait ta fille, ses petits copains de

l'École britannique sont grands consommateurs de sucreries. Annabelle avait même peur qu'il n'y en ait pas assez…

– Pas assez ! Mais les paquets bloquent l'entrée du bureau ! Ils doivent tous être obèses avec ça : il va falloir pousser les murs quand tes copains seront là, Annabelle. Ma chérie, ajoute-t-il à l'adresse de sa femme, je suis ravi de consulter à l'hôpital demain, ravi et… très compatissant.

Annabelle fait celle qui n'entend pas et continue à disposer les assiettes et les verres en carton. De toute façon, rien aujourd'hui ne pourrait entamer sa bonne humeur, même pas les petites piques de Papa sur ses copains.

– Annabelle, c'est trop tôt pour sortir la vaisselle en carton, tu auras tout le temps demain matin. Et il nous faut quand même un peu de place pour dîner ce soir.

À contrecœur, Annabelle empile les verres qu'elle avait étalés sur la table basse du salon. Elle voudrait que tout soit déjà prêt et que la sonnette retentisse pour le premier invité. Cela lui rappelle les veilles de Noël lorsqu'elle était petite. En beaucoup plus important.

Elle est malgré tout un peu soucieuse de la réflexion de Julie tout à l'heure. Leur frère Paul est dans la même classe que Timothée. Si elle allait lui répéter qu'elle « aime bien » Timothée, elle serait ridicule devant les garçons…

– Julie, c'est promis, quand Paul arrive, tu ne lui dis rien pour Timothée, d'accord ?

– Mais bien sûr, ça reste entre nous. De toute façon, tu sais, il s'en fiche de tes histoires de petite fille.

– T'es méchante ! s'écrie Annabelle en faisant mine de se jeter sur sa sœur toutes griffes dehors.

– Allons, allons, p'tite sœur, ne te fâche pas. C'est vrai que demain, tu seras une « grande » fille. Je ne dirai rien, promis.

Annabelle écrase un bisou sur la joue de Julie.

Julie a raison : demain, Annabelle sera presque une jeune fille. Enfin !

Chapter 2
An unexpected visitor

Zoë hates her dark blue school uniform. It is shapeless, dull and no French schoolgirl would ever wear such a thing. Her mother thinks it's very smart to have her daughter studying at the English school and always says that the uniform "suits her frightfully well"!

Her mother is from Exeter in Devon, on the southern coast of England, and is very proud of it. She married a French man, Zoë's Dad, and the whole family moved to Paris last year. She insists that her children have a typical English education even though they are living in France.

As soon as she gets home, Zoë always takes off her uniform and throws it on her bed. She jumps gratefully into her jeans. As her parents don't get home from work till later it's up to Zoë to take care of her little sister Rosie, set the table for dinner and begin her homework by herself.

Rosie is just eighteen months old and to Zoë she is gorgeous, the most adorable baby on Earth, even in the universe. The day Rosie was born was the greatest in Zoë's whole life.

Zoë is tempted to take Rosie out of her playpen* for just one more cuddle, but Dad will check that her French lesson is done and Mum will be upset if the table is not ready. So she settles down to her homework, glancing from time to time at little Rosie.

Zoë finds it difficult to concentrate on her work. Her mind keeps wandering to Annabelle's birthday party tomorrow. As a present Zoë has bought her a wonderful green scarf. It's so light that it seems to be made of butterflies' wings, and has a beautiful design of a blossoming tree covered with snowy pink flowers. It was very expensive: Zoë spent a whole month of savings on it, but Annabelle's friendship is worth it.

– Rosie! Don't! shouts Zoë.

The little girl is trying to climb over the bars and escape from her playpen. Really she is too old to be kept in this "baby jail", but Mum has pointed out to Zoë that it is only for an hour or so and that Rosie is safer in there until her parents come back.

Zoë resumes her conjugation exercise: "Que j'aille, que tu ailles, qu'il aille…" It's so ugly! Zoë always smiles internally when she hears people say that French is a beautiful language. Beautiful? "Que tu ailles?" They must be joking. It is ugly, ugly and useless. After all nowadays most people in the world speak English, don't they?

– Ay! Ay! screams Rosie trying to draw her sister's attention.

Zoë can't resist any longer: she picks up Rosie and tickles her plump tummy. Then she runs around the room with her in her arms.

The phone rings and she hastily puts Rosie down.

"Hi! Annabelle! … Yes, yes, of course I'll be there… Yes, I asked Mum if she could cook a cake for the party…

Please don't laugh! You don't even know how English cakes taste. I swear they're good especially my mother's! You'll see… Oh, is that true? Mélanie's not coming? How do you know? Did she ring? … Oh, I see… Poor Mélanie, she must be upset. Do you know her father? I know, I know, last year we were in the same class at the French school… Hmmm… All right… All right… See you tomorrow then… Yes, don't worry. Byeeee!"

Zoë thinks Mélanie does not deserve to be Annabelle's best friend. She thinks she is selfish and childish. But she has resolved not to say anything to Annabelle hoping that Annabelle will become aware herself of Mélanie's failings. Zoë's not the type of girl to dwell on her feelings, but she really likes Annabelle and tomorrow is going to prove it. Her present will be the loveliest one. But she cannot help feeling relieved that Mélanie will not be there.

Suddenly, she hears Rosie scream and clap her hands. The baby is staring at the half opened window. A little kitten* is butting its head at the window in an effort to climb in. Zoë rushes to the window and opens it wide to let the kitten in. Rosie laughs with joy. Zoë picks up the little animal. It has black and orange stripes and is very tiny, very young and very thin.

– Look, Rosie! Look! Kitty*, kitty, kitty! Say "kitty", Rosie. Kitty!

The baby repeats the new word and then tries to pull the cat's tail.

– Be careful: don't hurt it. It might scratch your hand. Be nice, Rosie. I'll give it some milk. Look.

The poor animal seems too famished to be frightened. It turns around Zoë's legs while she is preparing the milk. In a second it has drunk it all and mews* for

11

more. When it has drunk its fill it hides in the corner of the room and falls asleep almost instantly.

– What shall we do with it, Rosie? Mum is allergic to cat's fur. We could hide it. What if I keep it in my room, just for the night, and try and give it to someone at the party tomorrow?

– Kitty, kitty, answers Rosie.

– Yes darling, "kitty", but don't say that in front of Mum and Dad, OK? Or else they will ask why you're talking about a cat. Understand?

– Kitty, kitty, answers Rosie.

– Well… We'll see…, Zoë sighs.

Making an effort not to disturb it she gently picks up the cat and carries it upstairs to her room.

She comes back downstairs and returns to her French verbs, even more absent-mindedly than before. Mélanie is not going to the party. Zoë's present will be the loveliest present and she will be the heroine who rescued a kitten from starvation in the streets.

Yes tomorrow is going to be a really great day!

Chapitre 3
C'est pas juste…

– Mélanie ! Tu n'as pas de devoirs ?

– Maman ! C'est mercredi demain, je les ferai plus tard !

– Bon, bon, mais pas à la dernière minute comme la semaine dernière, compris ?

– Oui, Maman, promis.

Mélanie essaie de ne pas claquer la porte de sa chambre. Elle vérifie qu'elle n'a pas laissé traîner son cartable dans le couloir, se répète le menu de la cantine à midi et descend calmement les escaliers.

– Maman, tu te souviens que c'est l'anniversaire d'Annabelle demain ?

– Excuse-moi, chérie, ne reste pas dans mes jambes, je suis très pressée, tu sais. Je dois repasser le maillot de cricket de Timothée et j'ai encore du travail pour demain.

– Pardon… pardon… Mais, Maman…

– Et toi, tu as passé une bonne journée ? Qu'as-tu mangé à la cantine à midi ?

– Des carottes râpées, du poisson avec du riz et un yaourt au chocolat.

Une chance que Mélanie ait « révisé » : Maman déteste qu'elle ne sache pas ce qu'elle a mangé au déjeuner, elle dit qu'il est impossible de faire des menus équilibrés dans ces conditions. Mélanie pense que ça ne sert pas à grand chose de manger équilibré à table si on grignote tout le temps des gâteaux ou des chips comme le fait Maman, mais elle ne dit rien, bien sûr.

– Maman, pour l'anniversaire d'Annabelle…

– Écoute, Mélanie, je t'ai dit que je trouvais que tu étais un peu jeune pour aller dans une… une… boum.

– Une « boum »… ! Une « boum »… ! On dit pas une « boum », Maman !

– Peu importe ce qu'on dit. À ton âge, je ne sais pas, moi, on va goûter chez ses petites amies, faire du sport, on joue ensemble… Mais danser, tout de même !

– Maman… Toutes les filles de la classe y vont ! Et puis, tu avais promis !

– Je n'avais rien promis du tout. Et ce n'est pas parce que les autres sont mal élevées que ma fille doit se conduire comme… comme une je-ne-sais-pas-quoi…

Mélanie sait bien qu'il vaut mieux « laisser retomber la poussière » comme dit Timothée. Elle se tait et s'appuie dos à l'évier d'un air désœuvré.

– Timothée rentre à quelle heure ?

– Il est à son cours de judo.

– Ah, oui… Pourquoi tu lui repasses ses affaires de cricket ?

– Il y a un match demain à l'École anglaise.

– Ah…

Mélanie se retient de répondre. Si elle ouvrait la bouche maintenant, ses paroles dépasseraient sa pensée, sa voix serait tout enrouée, monterait d'un cran et tout serait fichu. Mais elle ne peut s'empêcher de penser que, pour Timothée, Maman ne fait pas d'histoires, qu'il peut toujours sortir le mercredi, alors qu'elle, bien sûr…

– Maman, tu sais, la mère de Zoë a dit qu'elle emmènerait celles qui voulaient chez Annabelle et qu'elle irait les chercher.

– Ah oui ? Tiens, remplis mon fer d'eau, tu veux ? Pas plus haut que la ligne rouge, hein ?

– Voilà. Et puis, il paraît qu'il y aura une surprise. C'est la mère d'Annabelle qui l'a dit à la mère de…

– Mélanie, n'insiste pas. Je ne veux pas que tu traverses toute la ville avec la mère d'une petite fille que je ne connais même pas pour aller « danser » et rentrer à je ne sais quelle heure !

– Mais c'est pas juste ! Et Timothée, alors ? Lui, il a toujours le droit de sortir, tandis que moi, bien sûr…

Voilà : la voix qui s'enroue, qui déraille…, pense Mélanie, désespérée. *C'est fichu…*

– Timothée est plus grand que toi et il va jouer au cricket à l'École anglaise avec Robin.

– Il n'a même pas deux ans de plus que moi, mais bien sûr, c'est un garçon, alors on le laisse faire tout ce qu'il veut !

– Mélanie ! On ne parle pas comme ça à sa mère !

Mélanie respire un grand coup : elle a remarqué que, lorsqu'elle veut se contrôler, il suffit qu'elle inspire très profondément, si possible en fermant les yeux, pour se calmer presque instantanément. D'une voix redevenue normale, elle reprend :

– Et si je te promets de rentrer tôt ? Avant cinq heures ? Tu serais d'accord ?… Dis, Maman ?

Maman ne répond pas, elle tourne résolument le dos et Mélanie sait que c'est mauvais signe. Elle sent sa gorge se nouer, les larmes monter au bord des yeux. Elle n'arrive plus du tout à se calmer, même en respirant un grand coup. Quand elle inspire à fond, l'air ressort en gros hoquets, en saccades qui menacent de se transformer en sanglots. Et ça, ça énerve Maman…

– Ah, non ! Pas les grandes eaux maintenant. Tu n'es plus un bébé, tout de même !

– Si, d'abord, je suis un bébé, hoquette Mélanie. Puisque tu me traites en bébé, je suis un bébé…

– C'est malin ! Allez, arrête de pleurer, tu sais bien que ça m'énerve !

– Alors laisse-moi y aller !

– Mélanie, tu me fatigues. N'insiste pas ou je vais me fâcher.

– Tu m'empêches de faire ce que je veux, tu fais tout pour que je ne sois pas comme les autres. À l'école, tout le monde va se moquer de moi parce que ma mère me traite comme un bébé…

– J'en ai assez de tes insolences. Monte dans ta chambre. Laisse-moi finir mon repassage.

– C'est ça, je monte dans ma chambre, tu peux te concentrer sur le pli du pantalon. Il a l'air malin mon frère chéri avec son déguisement ! Pourvu qu'il n'aille pas traîner dans le terrain vague* avec son beau costume… Tu crois vraiment qu'il est au judo ? Tu devrais te renseigner : mercredi dernier je l'ai vu dans le terrain vague à l'heure du judo.

– Qu'est-ce que c'est que cette histoire ? Laisse ton frère en dehors cela. Il ne t'a rien fait.

– Il ne m'a rien fait, sauf que… sauf que… c'est pas juste…

Étouffant de rage, Mélanie s'enfuit vers sa chambre. Elle s'en veut d'avoir cédé à la colère. Elle sait bien que ce n'est pas le meilleur moyen de convaincre sa mère. Mais tout de même, c'est vrai, c'est trop injuste…

On dirait que le monde entier se ligue contre elle pour l'empêcher d'être heureuse. Qu'est-ce que ça pouvait bien lui faire à Maman de la laisser aller chez Annabelle ? Elle cherche seulement à l'embêter, à l'empêcher d'être comme les autres filles de son âge.

Jeudi, à l'école, elle sera la seule à ne pas pouvoir participer à la conversation… Annabelle ne voudra plus être sa meilleure amie après cela. C'est Zoë qui sera contente : elle dira que cela prouve que Mélanie est une lâcheuse, qu'elle n'est pas digne d'être la meilleure amie d'Annabelle.

Personne ne m'aime. Personne ne m'aime, se répète Mélanie pour s'aider à pleurer.

Chapter 4

What a mess!

– Oh, Zoë, I'm sorry I'm late. How did everything go, darling?

– Don't worry, Mum, I'm fine. Rosie's been as good as gold, she always is, you needn't have worried, Mum.

– I know, darling, I know, but I always feel guilty leaving you alone so long. Is your Dad back?

– He's just arrived. He's changing his clothes.

Zoë is used to dealing with her mother's anxiety. But last year when her mother was jobless, things were worse. Zoë had more time for her lessons, but her mother was so bad-tempered all the time that life was impossible. And Zoë had to revise all her lessons with her, including the French, which was really something!

– I'm just going upstairs, Mum.

– All right, darling. I'll call you when dinner's ready.

Zoë rushes upstairs, worried that she has left the poor little kitten alone too long. But when she goes into her bedroom she finds that the "poor kitten" has been enter-taining himself. It is chasing an invisible mouse in Zoë's uniform, Annabelle's scarf is in tatters* and a cloud of feathers, from a ripped pillow, float about the room.

How could such a small cat have enough energy to make such a mess? Zoë has no time to wonder about it. She catches the wild animal, gives it a slap on the bottom and tries to put the feathers back into the pillow, but it's no use. Feathers and cat's fur stick to the uniform that is now almost white. One of the sleeves is torn out and there is a wide rip on the front of the jacket. Zoë throws it back on the bed in despair. She gently caresses the ruined scarf as tears well up in her eyes.

– Where are you, you devil? Look what you've done! Such a mess! If only I had known, I would have let you starve in the street!

The kitten seems to be aware that it is out of favour: it is cowering by the door trying to make itself seem even smaller than it already is. Zoë can see by its wide green eyes that it is terrified. Someone must have ill-treated it.

– Oh, you poor thing, I know you didn't do it on purpose, but can't you see the trouble we're in? What shall we do? If Mum finds out, she won't let me go to the party tomorrow. Worse than that, she'll put you back out in the street and, and… Oh, then what will happen to you?

Zoë does not want to imagine the horrible things that could happen to the kitten. Her stomach is in knots.

– I have to find an excuse. At least, I must save you, Attila. Attila… Do you like the name? It suits you perfectly, you are such a barbarian!

Zoë has already forgiven the cat.

Fortunately, tomorrow is Wednesday. No school, no uniform. A whole day off to find a solution. Zoë bundles up the uniform, the scarf and lots of the feathers and pushes them under the bed. Then she catches the cat and locks him in the bottom of her cupboard after having moved everything else onto a higher shelf.

– Sorry, Attila, but I have no choice. You've done enough damage for one day. I won't be long. I'll have dinner and I'll be back as soon as I can. Behave yourself!

Then she trips downstairs feigning an air of innocence.

Dinner seems endless to her. Her father always wants a full meal. It is a regular subject of "discussion" with his English wife who doesn't understand why he needs to eat cheese AND pudding*. Zoë is usually happy to tease him with her mother, but not tonight. Tonight she is too preoccupied and doesn't find it funny at all.

– Aren't you having cheese? You are your father's daughter, aren't you? asks Mum ironically.

– No, thanks, Mum, I'm full.

– That, I can understand, laughs Mum, sipping her tea.

– By the way, Zoë, how was your French subjunctive, today? asks Dad, changing the subject. Better, I hope. If you are going out tomorrow, I expect you to finish your homework first.

– Sure, Dad, I did it before dinner.

Dad makes her repeat the "ailles" of the subjunctive for a long half hour before she can escape upstairs.

– All right, darling, you can go now. It's almost

perfect. We'll go over it once more tomorrow night and then that's that. Don't you want to watch a little TV before going to bed? You are allowed to, you know, tomorrow's Wednesday.

– Oh, not tonight. I'd prefer to read in my room. Thanks anyway, Dad.

She kisses her parents goodnight and goes directly to her room. She doesn't even take a minute to glance at Rosie, asleep in her tiny bed.

Attila seems to have understood his lesson. He has not moved from the cupboard and comes out quite calmly when Zoë opens the door. She takes him in her arms and lies on the bed, thinking.

The other day, at the French Lycée, some clothes were stolen. The "victim", Laura, didn't complain, but her mother went to see the headmistress* and made quite a fuss about it.

Zoë knows who did it: Mélanie and her friends stole the clothes, tore them into shreds and took them to the vacant lot*, near the school, so that the cats can get a warm couch. Zoë thought it was a silly thing to do, but now she wonders if she could use it to get out of her own situation.

Attila is soft and warm by her side. There are plenty of his brothers freezing outside in the dark wet night, especially in the vacant lot. Mélanie at least provided them with something warm for the night. And Laura didn't care about her down jacket*. All of a sudden, Zoë realises what she must do. She jumps up, takes the parcel of clothes from under the bed, stuffs Attila into it, just letting his small pink nose peek out, silently climbs onto the window sill and then jumps out into the dark night.

Chapitre 5
Chantage et menaces**

Mélanie tamponne ses yeux gonflés avec un mouchoir mouillé. Debout devant la glace de son placard, elle triture rageusement son appareil dentaire. Encore une idée de Maman qui affirme que « dans deux ans, elle la remerciera de lui avoir refait un joli sourire » !

Elle redresse le bout de son nez, imaginant son visage si elle avait le nez d'Annabelle. Elle trouve qu'elle a l'air d'un épouvantail* depuis qu'elle a pris quinze centimètres sans grossir en quelques mois !

La porte d'entrée claque. Ce doit être Timothée qui rentre du judo. Mélanie imagine son grand dadais* de frère en train d'embrasser sa mère. Le fils modèle. Mélanie est dégoûtée. Elle est un peu inquiète aussi : elle n'aurait sûrement pas dû dire à Maman qu'il traînait dans le terrain vague au lieu d'aller au judo.

De la cuisine, montent des éclats de voix suivis des pas lourds de son frère dans l'escalier. Brutalement, la porte de sa chambre s'ouvre. Timothée reste sur le pas de la porte, les poings sur les hanches :

– Qu'est-ce que t'as raconté à Maman, sale petite rapporteuse ? Tu crois que j'en sais pas autant sur toi ? Tu veux que je raconte à Maman ce que tu fais à la sortie de l'école avec tes copines ? Tu crois que j'vous ai pas vues l'autre jour en train de déchirer un blouson ?

Elle savait bien que cette histoire d'anorak* ressortirait un jour. Tout ça, c'est la faute d'Annabelle : fonder un club d'aide aux chats en détresse, c'était une bonne idée, mais utiliser des vêtements pour leur fabriquer un lit, Mélanie était sûre que ça ferait des histoires ! Il est vrai que c'est elle qui a eu l'idée de prendre l'anorak de Laura, fourré de coton bien épais, idéal pour confectionner un couchage moelleux.

– D'abord, j'ai rien dit à Maman ! se défend Mélanie.

– Ah, bon ? Alors pourquoi je prends un savon* en rentrant ? Tu peux m'expliquer ça ?

– C'est pas moi !

– C'est le pape ? Mais tu ne perds rien pour attendre, ma p'tite. Si tu crois que tu vas t'en tirer comme ça…

Mélanie lui tourne le dos, recroquevillée sur son lit. Elle sait bien qu'elle n'est pas en bonne position. D'abord, elle a eu tort de « rapporter » les histoires de Timothée à Maman. Ensuite, elle risque de compromettre Robin par la même occasion, puisqu'il y était aussi. D'autant plus que Mr Stevens, le père de Robin, est paraît-il une brute épaisse, c'est en tout cas ce que raconte Timothée.

– C'est ça ma vieille, pleurniche, c'est de ton âge. T'en fais pas pour demain si t'as les yeux gonflés et tout rouges : de toute façon, Maman veut pas que t'ailles à l'anniversaire.

– T'es méchant…

– « T'es méchant ! T'es méchant ! » Non mais écoute-toi ! Maman a raison de dire que t'es encore qu'un bébé ! Quand je pense que ça veut danser ! Mais personne voudrait de toi, ma pauvre, les mecs t'enverront te moucher d'abord.

– Timothée… S'il te plaît, ne dis pas à Maman pour l'anorak…

– On verra, on verra… Quand même, ça risque d'être difficile d'expliquer à Maman que vous avez trouvé l'anorak dans la rue…, siffle Timothée.

– Ça revient au même. C'est Laura, la grande qui redouble, qui l'a laissé traîner. Elle dit qu'elle s'en moque, que sa mère lui en rachètera un autre quand elle voudra…

– Ça risque quand même d'être difficile à expliquer à Maman…

– Timothée, je t'assure, je lui ai rien dit…

Mélanie sait bien qu'elle a tort de mentir, qu'il ne la croit pas et que s'il demande à Maman qui a « rapporté », il saura vite la vérité. Et alors, gare… Si jamais il parle à Maman de l'affaire de l'anorak, il n'y a plus aucune chance qu'elle puisse aller à l'anniversaire d'Annabelle, ni à aucune autre invitation de tout le trimestre.

– J'ai rien dit, Tim…

– J'm'en fous de toute façon. Même si je suis puni à cause de ma morveuse de sœur, ça m'empêchera pas d'aller au cricket demain. Tu sais bien que pour Maman le cricket à l'École anglaise, c'est sacré. Tandis que toi, ma pauvre, t'as aucune chance de sortir, à mon avis.

C'est dommage, parce qu'avec Robin, on avait prévu de passer chez Annabelle demain, après le match.

Mélanie se tait. Elle sait bien que ce n'est sûrement pas vrai, mais tout de même… À cette idée, elle sent les larmes lui monter de nouveau à la gorge. Robin a beau être le meilleur ami de Timothée, il ne la regarde pas comme un bébé, lui. Il a les cheveux noirs et brillants, un accent américain qui lui rappelle Jonnhy Depp et, quand il la regarde en souriant, elle a l'impression que la pièce tourne autour d'elle.

Mais il ne faut surtout rien dire. D'après sa réflexion, Timothée a l'air de se douter de quelque chose. Il ne faut surtout pas lui donner un autre moyen de se venger d'elle.

– Timothée… Je te demande pardon… C'est ma faute si Maman est de mauvaise humeur. Si tu veux, je vais lui dire que j'ai tout inventé…

– Trop tard, ma vieille, le mal est fait. Bon, j'te laisse à tes chagrins, il faut que je fasse mes devoirs, parce que demain, Robin passe me prendre à midi.

Mélanie tortille le coin mouillé de son oreiller. Elle n'a plus envie de pleurer, mais elle sent son cœur tout dur et tout vide. Non, elle est loin d'être consolée, mais elle ne sait pas quoi faire de sa colère.

Mélanie serre les poings. Il faut faire quelque chose. Il faut empêcher Timothée de parler.

Chapter 6
A dangerous meeting

Robin finds the spot where the barbed wire fence* is damaged and enters the vacant lot, the "terrain vague", as they call it, behind the school. He stops for a few seconds, shivers and looks around. The guy told him to be there at eight thirty.

Timothée promised he would come too, but he mustn't be seen: he'll wait by the entrance keeping a look out and be ready to help if necessary.

Robin makes his way to the old shed* where he knows he can wait unseen. The smell of cats' pee overwhelms everything. In the shadowy corners of the room are vague forms made from rubbish: old suitcases, metal drums, rusty tools, rotten pieces of fabric, all the things that accumulate over years of neglect.

Suddenly, the barbed wire fence creaks and Robin sees the heavy silhouette of Mr Dave limping* towards the shed.

– Ah, there you are. I couldn't see you in the dark. Don't be nervous, boy, I've done hundreds of transactions like this, and no one has ever had a problem.

– I know you have, Robin answers, trying to talk in a quiet manly way. Did you bring the stuff?

– Did you bring the money?

– I have it here. But let me see the papers first.

– Here they are, boy.

Mr. Dave hands an envelope to Robin. It is dark inside the shed but Robin doesn't dare switch his torch on.

Mr. Dave brushes his hand through his greasy hair. Then he grins:

– It stinks here! The cats must have made a home here. Yuk!

– Mmm…, mumbles Robin busy scrutinizing the false passport. The picture he gave makes him seem older so that he may well be the 18 years old the false birth date states. But what if there are mistakes? He would like to have time to check in detail. But he knows that Mr. Dave's patience will not last.

– Everything all right, boy? OK. Now give me the money and be quick. I don't like hanging around here. It's not safe and… it stinks.

– Err… Mr. Dave… Are you sure the stamp is correct? I thought that the eagle had smaller wings and that…

– Listen, boy, I have been making American pass-ports for more than ten years now and no one has ever complained about my work. If you don't like it, I'll take it back, change the picture and use it for somebody else. You just have to pay a 20 % penalty.

– 20 %! But that's 1,000 dollars! For nothing! For a job that is not… not… professional!

Robin thinks he has to be firm. The fact that nobody complained about Mr. Dave's work does not prove anything: people who have been caught entering the

States with a false passport never have the opportunity to complain to the forger*. But to lose 1,000 dollars – pure robbery!

– Listen, boy, I've got no time to lose. If you don't pay me, I'll lock you in here and call my friends, they'll go straight to your father and tell him about your little game. I know how you got the money. Those five statuettes which look like fat horses that you stole from your father in order to pay me? Guess what! The guy you sold them to is a very good pal of mine. Ha ha ha ha ha ha!!!

As Mr. Dave roars with laughter, his rotten teeth and grey gums show.

Robin remains petrified. He had thought that the worse that could happen to him was to be beaten up by Mr. Dave. That was why he asked Tim to come and watch for him. But if this crook* knows that he stole the Chinese horse statuettes from his father's collection and even who he sold them to, his situation is even worse.

He realises that he has a choice between paying 5,000 dollars for a bad imitation of a passport, paying 1,000 dollars for nothing at all, or being denounced to his father for having stolen the precious statuettes, as well as having planned to run away and having lied for months. It seems that the only solution is to buy the document, and hope for the best. Perhaps the passport is not so badly copied, after all. The tension of the past weeks has made him pretty nervous but defiant.

– OK, OK… I must be nervous, that's all. It'll do, Mr. Dave. Give me the passport. I'll take it.

– Well… if you're not satisfied…

– I am satisfied, Mr. Dave, really I am. Now give it to me, urges Robin stretching out his hand.

– The money first, boy.

– Half, then.

Robin steps back to divide the pile of green bank notes in two parts, returns one half to his pocket and hands the other one to Mr. Dave.

– Here you are.

– You're rather a smart businessman, boy. I might like to meet you again in a few years. We could do some juicy deals* together…

Mr. Dave holds out the envelope in a fat black-nailed hand.

– I doubt we will meet again, answers Robin, thinking how ashamed he would feel if he should meet the crook ever again. Take the other 2,500 or don't you want it anymore?

– Oh, yes, of course, of course… I'm not in a hurry, you know, there has to be trust… between business colleagues… Ha ha ha ha ha ha!!!

Mr. Dave touches his forehead in a very old fashioned way, smiles his ugly smile and limps away.

Robin sinks down on a wooden case, suddenly feeling very tired. Had he been right to pay? Had there been another solution? Thinking of Mr. Dave's black-mail* infuriates him.

Suddenly, from the dark part of the shed, a noise startles him. A pile of dirty clothes has clearly moved.

– Who's there? shouts Robin. He switches on his torch and rushes towards the shadow at the back of the shed.

Chapitre 7
Un engrenage diabolique*

Le dîner de ce mardi soir est morne et silencieux, chacun étant perdu dans ses pensées. Madame Lelièvre mange, sans mâcher comme à son habitude, pensant aux copies qui lui restent à corriger. Timothée affiche un air détaché, un œil sur la télévision, manifestement pressé d'en finir avec son assiette de saucisse-purée et de s'échapper. Mélanie, les yeux perdus dans le lointain, un tic nerveux agitant ses lèvres, cherche désespérément un moyen d'empêcher Timothée de raconter à Maman l'histoire de l'anorak tout en chipotant dans son assiette.

Dès la dernière bouchée avalée, Timothée repousse sa chaise bruyamment et va s'isoler dans sa chambre. Mélanie doit d'abord aider sa mère à débarrasser la table car, dans sa famille, on pense que c'est le rôle des filles… Alors qu'elle essuie la table, le téléphone sonne.

– C'est pour moi, crie Timothée, en déboulant de sa chambre pour répondre.

Mélanie l'entend parler anglais. Elle devine que c'est Robin. Robin parle parfaitement le français, beaucoup mieux que Timothée l'anglais. Mais Timothée pense que sa mère et sa sœur ne comprennent pas leurs propos quand ils parlent en anglais.

Il a beau baisser la voix, elle perçoit quelques bribes de phrases : « eight seurtie », « in ze vacant lot » et devine qu'il a de nouveau l'intention de traîner là-bas.

Tranquillement, elle termine ses tâches ménagères. « Être informé, c'est avoir le pouvoir », pense-t-elle. Si elle arrive à savoir ce que Timothée trafique dans ce terrain vague, elle aura un moyen de pression sur lui. Elle pourra l'empêcher de parler à Maman.

– Maman, tu n'as plus besoin de moi ? Je peux aller dans ma chambre ?

– Va, va. J'ai presque fini. Ne fais pas trop de bruit avec ta musique, tu sais que j'ai des copies à corriger.

Mélanie sait qu'elle ne sera pas dérangée. Elle s'approche de sa mère pour lui souhaiter bonne nuit. Après l'avoir embrassée, Madame Lelièvre ajoute :

– Allons, ne sois pas triste. Tu auras d'autres occasions de sortir, plus tard, tu verras. Après mes seize ans, je n'ai pas arrêté de sortir mais jamais ta grand-mère ne m'aurait autorisée à sortir pour danser avant ! Tu apprécieras d'autant plus, crois-moi, et tu me remercieras plus tard.

Habituellement, c'est le genre de discours qui fait bondir Mélanie, mais ce soir, elle doit être parfaite. Elle sourit docilement et s'éclipse. Dans sa chambre, elle met en marche sa chaîne stéréo, règle le volume de sorte qu'il soit audible jusque dans le salon mais pas trop fort néanmoins, choisit le programme « action repeat » : le disque fonctionnera sans cesse de telle sorte que Maman la croira toujours dans sa chambre. Puis elle enfile son blouson et ses chaussures, d'un bond saute dans la cour de derrière et court jusqu'au terrain vague.

Lorsqu'elle y arrive, il est presque neuf heures. Le rendez-vous secret doit avoir commencé. Essoufflée, elle cherche à tâtons la brèche dans le fil de fer barbelé*. Elles l'ont bien agrandie l'autre jour avec les filles lorsqu'elles sont passées pour déposer l'anorak. Elle s'accroche le doigt dans la barrière et étouffe un juron.

– Qu'est-ce qu'il fait sombre ce soir ! Pas un rayon de lune. J'aurais dû emporter une lampe de poche.

Tout en grommelant à voix basse, Mélanie poursuit son avancée. Tout à coup, alors qu'elle a enfin repéré l'entrée, une main lourde s'abat sur son épaule.

– Alors, ma p'tite demoiselle, on se promène toute seule à cette heure-ci ? On vous a jamais dit que c'était pas prudent ? Qu'il y a des tas de sales types qui n'attendent qu'une occasion pour vous kidnapper ?

Elle se sent agrippée par le revers de son blouson et presque soulevée de terre. Le « type » semble en effet très « sale ». Il est gras, luisant de sueur, ses cheveux lui pendent dans le cou en longs rubans huileux. Mélanie sent une haleine chargée d'oignon et de tabac.

– Laissez-moi tranquille ! Qu'est-ce que vous me voulez ? suffoque-t-elle.

– Juste savoir ce qu'une petite morveuse de ton âge peut bien fabriquer toute seule ici à cette heure.

– Je… j'attends mon frère. Il est dans le terrain vague. Si vous ne partez pas tout de suite, je l'appelle. Je n'ai qu'un mot à dire.

– Ah, oui. Et comment il est ton frère ? Comment il s'appelle ?

– Il s'appelle Timothée. Il est blond, grand et… et très costaud. Il fait du judo. Il a dix-huit ans…, ment-elle.

– Ce serait pas plutôt un brun avec un accent

anglais, avec un sourire du genre qui fait craquer les minettes ?

– Non, non, lui c'est Robin, son copain.

Au fur et à mesure qu'elle répond à ses questions, Mélanie se demande où il veut en venir. Qu'est-ce que ça peut bien lui faire ? Mais on lui a toujours dit que tant que l'on parle, il n'y a pas de violence.

– Et bien, cela en fait du monde ici ce soir…

L'homme a relâché son étreinte et semble réfléchir.

– Où il est exactement ton frère ? Derrière la barrière ou par ici ?

– Je… je ne sais pas… Justement, je le cherchais… Mais je sais qu'il avait rendez-vous ce soir ici… avec Robin justement.

– Ah, ouais… À huit heures et demie, c'est pas ça ?

– Oui, oui, je crois, mais je ne vois pas…

– Si toi tu vois pas, moi, je commence à y voir de plus en plus clair.

Mélanie se demande si elle n'a pas parlé un peu trop, mais au moins, elle a réussi à calmer l'homme qui l'a lâchée et se désintéresse manifestement de son sort.

– Bon, je peux partir ?

– Non, tu restes là. C'est moi qui pars le premier. Et tu ne m'as jamais vu, d'accord. Je t'assure que si j'apprends que tu as parlé de moi à qui que ce soit, je saurai bien te retrouver. Et alors là, il sera plus question de gentille conversation, crois-moi.

Mélanie hausse les épaules, enhardie à l'idée du départ de l'homme. Il la bouscule en passant et s'éloigne rapidement. Du plus rapidement qu'il peut car l'homme boite*…

Chapter 8

Exchange of secrets

– Who's there? Show yourself! shouts Robin once more.

Spying an iron bar on the ground he grabs it, waving it about in a threatening manner.

– Come out! Right now or I'll hit out any old way!

Robin's eyes begin to distinguish a shape beneath a heap of old fabrics. Up this close, the cat smell is even stronger.

– One, two…

– Don't! Please don't! It's me, Zoë, Zoë Dallibert.

– What the hell are you doing here?

Zoë comes out slowly. She is covered with dirt and holding a bundle* against her chest.

– What about you? she replies, having slightly regained her composure.

– Yes, I guess I've nothing left to hide from you, Robin sighs. You must have heard everything?

– Err… Yes, I must admit I did, but I didn't mean to. I hid here when I heard you arrive. Then it was too late to show myself. I didn't want you to see me and I suppose you wouldn't have wanted me to see you either. So…

– True. But now that you know my secret, you'll have to tell me yours. Why are you here?

– Well… Will you promise you won't tell anybody?

– I don't think you're in a position to demand anything, Zoë.

– It's… It's rather important, pleads Zoë.

– Do you think that the stuff you've just overheard isn't "rather important" to me?

– Of course it is.

Zoë tries to stay in the shadows so that Robin doesn't see the bump that Attila is making under her coat. She has had enough time to get rid of the clothes but hasn't been quick enough to hide the kitten as well.

– Come over here, Zoë. I'll make a deal with you, a good deal. You don't want me to tell your parents that I saw you in the vacant lot at night, I suppose?

– … No.

– Come closer, I said.

Zoë steps forward.

– What are you hiding there?

Robin stretches his hand out towards Zoë's jacket causing Attila to take fright. The kitten jumps out, scratches the threatening hand and runs away.

– Attila! Come here! Attila!

Without explaining, Zoë rushes off in search of the cat. She rummages among the stinking bundles of clothes, calling and whistling. Attila is so small that he can hide anywhere easily. After a few minutes desperate effort to locate the kitten, Zoë comes back to the centre of the shed where Robin is examining his hand.

– I can't find him, she sighs. I hope he didn't get out of the shed.

– Look what your stupid animal did! I might get

sick: there's an illness called the cat's claws disease which is very dangerous and…

– Oh, come on! Poor little man! Let me look at it…

Zoë bends over Robin's hand.

– Just disinfect it as soon as you get home. But I doubt you'll get any terrible disease. If you do, I swear I'll bring flowers to your grave.

– Stop laughing at me. And, please, don't come any closer. You stink!

Zoë sniffs her own sleeve and grimaces with disgust.

– Whoa! You're right. It's awful!

They both burst out laughing, relieving the tension of the past few hours.

– Now, you tell me your story, Zoë.

She tells him how she had found the kitten a few hours earlier and how he had torn her uniform and Annabelle's scarf. How terribly skinny he is, how she felt he must have been starving and that, being so young, he would not survive alone for very long.

She explains that she had decided to bring Attila to the vacant lot, lock him in the shed and bring him food everyday. She had also decided to leave the torn clothes here. She was going to tell her parents that they had been stolen during gym class, as Laura's down jacket had been.

– Could you help me find the jacket? If I put it with my stuff and somebody finds it, they'll have to believe that the same person took all the clothes. And… if you happen to see my kitten at the same time, she adds shyly.

Robin smiles:

– OK, I'll help you.

They begin searching through the mess, between old planks, among the rotten fabrics, in rusty cans and metal drums. Finally, Robin finds something that seems newish.

– Could this be the down jacket, he asks Zoë, handing her the torn pieces of cloth.

– Yes! You've found it. Great!

Zoë buries her uniform and the scarf with the remains of the jacket.

– And guess what?! I've found something else!

Robin plunges his two hands into a metal drum and pulls them out triumphantly holding up a tabby cat in each hand.

– See? You're the mother of not one, but two little barbarians. Do you still want them, or shall I put them back?

Zoë takes the two cats, Attila and his twin, in her arms and laughs.

– Oh, no! They're so cute! I can't desert them, can I? Thanks, Robin.

She rises up on her tippy-toes and kisses Robin on the cheek.

– All right, all right, nothing to make such a fuss about, he grumbles.

– Now, Robin, are you sure you don't want to tell me why you had to buy this false passport? I can keep a secret, you know. What's the point of having friends if you don't confide in them?

– We've only made a deal you know: your silence for mine. It doesn't mean we're friends. Friendship is more than a business transaction, Robin says stiffly.

– To me, friendship depends on what you do for people. You found my cat; you gave him back to me although he scratched you badly. Therefore, you are my friend. I know that I can trust you.

– Zoë… You're just a little girl and… this is rather a serious matter and…

– Oh, shut up, I'm not a baby anymore. May I remind you that I came here at night all by myself and that…

– OK, the fact is that I'm not used to trusting people and people don't trust me either.

– What about your parents?

– Yes, even my parents.

– Why not?

– I don't know. It seems like it's always been the case maybe even since I was... born. My father doesn't want me to go to the French lycée, he says the standard isn't good enough and that he doesn't want another "Frenchie" at home. He even chooses what I do in my free time: he wants me to play cricket even though I hate cricket. What can I do? He wants me to be something that I'm not.

– What about your mother? Doesn't she say anything?

– Oh, my mother... To him, SHE is the other "Frenchie"!

Chapitre 9

Danger dans le terrain vague

– Bonsoir Madame. Excusez-moi de vous déranger à cette heure-ci. Pourrais-je parler à Annabelle, s'il vous plaît ?

Mélanie tente de maîtriser le tremblement de sa voix. Pourvu que Madame Valentin laisse sa fille téléphoner à cette heure-ci. Pourvu qu'Annabelle ne soit pas encore couchée. Il fait froid et humide dans la cabine téléphonique où Mélanie s'est précipitée. Cela sent le vieux mégot. Elle a même l'impression que ça sent aussi l'oignon : l'haleine de l'homme qui boite lui semble collée aux narines.

– Allô ? Mélanie ? Qu'est-ce que… ?

– Annabelle ! Il faut que je te parle. Tout de suite ! Il s'est passé quelque chose de terrible ! Je… j'ai été agressée*, et… et…

– Agressée, mais où ? Quand ? Comment ? Et où es-tu d'abord ?

– Dehors, dans la cabine devant l'école. J'ai fait le mur*. Je te raconterai. Ne dis rien à… Ooooh…

Mélanie vient d'apercevoir deux silhouettes qui se glissent hors du terrain vague.

– Écoute, Annabelle, je raccroche. Je t'expliquerai. Je dois te laisser. J'te rappelle.

Mélanie laisse Annabelle interloquée et sort en toute hâte de la cabine éclairée pour se glisser dans l'ombre d'un arbre. Elle vient de reconnaître les deux silhouettes : Zoë et Robin ! Que faisaient-ils dans le terrain vague à cette heure-ci ? Les deux élèves modèles surpris en flagrant délit ! Mélanie hésite entre la satisfaction et le dépit.

Ils passent devant elle sans la voir, absorbés par leur conversation à voix basse. Ils parlent de Timothée : « I don't understand why he didn't come. It's not like him. He promised to be there at eight thirty », dit Robin. Zoë serre dans ses bras deux petits chats identiques. « Are you sure your father will not be at home ? » demande-t-elle, sans répondre à Robin.

Mélanie retient son souffle. Elle comprend assez bien l'anglais à force de fréquenter les élèves de l'École anglaise. Et puis, elle est douée pour les langues dit toujours son professeur. Cependant, dès que les deux amis s'éloignent un peu, elle n'entend plus assez distinctement pour comprendre leur conversation. Malheureusement, les voir ensemble lui en a assez appris.

Lorsqu'elle rappelle Annabelle, c'est cette dernière qui a l'air affolée.

– Enfin ! J'ai cru que tu ne rappellerais pas ! Mais que se passe-t-il ?

Mélanie raconte en hâte et dans le désordre les événements de ce soir. À bout de nerfs, c'est presqu'en sanglotant qu'elle conclut :

– En plus, je n'ai pas le droit de venir demain à ton anniv. Et puis… Timothée a disparu. Et puis… Zoë et

Robin sont partis ensemble chez lui. Et puis… Tout est fichu !

– Calme-toi, Méla. Tu es sous le choc. Tu es sûre que tu n'as pas de mal ?

– Bien sûr, je te dis, j'ai eu le bon réflexe : j'ai dit que j'appelais mon frère…

– On ne peut pas dire que ça ait été très efficace…

Un long silence s'ensuit.

– Méla, écoute, mets-toi à l'abri dans la cabane* et attends-moi. J'arrive. Il faut faire quelque chose pour Timothée.

Avant que Mélanie ait eu le temps de dire quoique ce soit, Annabelle a déjà raccroché.

Elle sait que la tâche ne va pas être aussi simple pour son amie que pour elle. Au contraire de Mélanie, Annabelle n'a aucune expérience des petits trucs qui permettent de s'échapper discrètement. Heureusement qu'elle a beaucoup d'argent de poche. Elle prendra un taxi.

Repasser la barrière et pénétrer dans le terrain vague une nouvelle fois n'est guère réjouissant pour Mélanie, mais impossible de rester en vue. Si jamais « il » revenait…

À l'intérieur de la cabane, il ne fait pas si sombre que cela et l'odeur des chats est toujours plus supportable que celle du sale type. Pour s'occuper et se rassurer, Mélanie parle toute seule.

– C'est quand même drôle de se retrouver ici de nuit, murmure-t-elle.

Elle se dirige vers le bidon troué de rouille où elles ont fourré l'anorak de Laura la semaine dernière. Il y est toujours.

– Tiens ! Un autre membre de la SPA est passé par

ici, dit-elle en tirant du bidon l'uniforme déchiré de Zoë et le foulard destiné à Annabelle. Comme c'est intéressant. Un uniforme de l'École anglaise. Je parie que c'est celui de Zoë. Et ça, c'est le cadeau qu'elle se vantait d'avoir acheté à « mon » amie Annabelle. Elle l'a montré à tout le monde samedi. Je pense que Madame Dallibert sera ravie de récupérer l'uniforme de sa fille. Quant à Zoë, si je comprends bien, elle n'a plus de cadeau d'anniversaire pour Annabelle.

Trois quarts d'heure plus tard, Annabelle arrive enfin, hors d'haleine, une lampe de poche à la main.

– Mélanie, ne t'affole pas : j'ai trouvé Tim. Il est dans le terrain vague. Il… il est blessé…

Annabelle ne peut retenir ses larmes :

– On a dû l'assommer. Je lui ai dit que j'allais te chercher et que je revenais tout de suite.

Les deux filles se précipitent vers l'endroit où Timothée s'était caché pour faire le guet* pendant le rendez-vous de Robin. C'est là qu'on l'a surpris et assommé*. Il est encore un peu endormi, son crâne est fendu mais, heureusement, de façon superficielle et il se plaint de l'épaule qui a dû heurter le sol en premier lors de sa chute.

– Quand je l'ai trouvé, il était encore dans les vapes*, mais il m'a quand même reconnue, n'est-ce pas Tim ?

Annabelle couve des yeux le rescapé, partagée entre l'inquiétude, le soulagement et l'excitation de pouvoir enfin faire quelque chose pour le frère de son amie.

– Pas très bavard, le frangin, essaie de plaisanter Mélanie.

– Laisse-le reprendre ses esprits, le pauvre. Tu crois que c'est le type qui t'a agressée ce soir qui a fait ça ? demande Annabelle.

À ces mots, Timothée se redresse :

– Quel type ? Qui t'a attaquée ? Comment était-il ? Il boite ?

– Ben… oui. Je crois bien qu'il boitait…

Mélanie raconte sa mésaventure essayant de minimiser son rôle.

– Oui, mais elle l'a bien eu ce gros lard. Il ne l'a pas touchée. Quand il a su que son frère était là, il a déguerpi, n'est-ce pas, Mélanie ? ajoute Annabelle.

– Tu lui as dit que j'étais là ? !

– Noon… Heu, oui, mais j'ai pas dit où… D'ailleurs je n'en savais rien.

– Je comprends tout. C'est grâce à toi que ce sale type a su que j'étais là et m'est tombé dessus. Merci frangine ! Aidez-moi à me relever les filles. Il va falloir jouer les infirmières pour vous faire pardonner.

– Donne-moi ça, je sais comment on fait. Annabelle arrache des mains de son amie les restes du foulard et panse grossièrement la tête de Timothée. Venez ! Maintenant, on va chez moi.

Chapter 10

On the spot enquiry

When Robin and Zoë arrive at his house, the lights are still on. Robin has his own keys and they go straight to the sitting room where his mother is reading magazines. The large room is tidy but very bleak and poorly decorated, almost austere. Mrs Stevens is seated on a battered armchair, her feet wrapped in a blanket because it is chilly inside the house.

– How was the movie, darling? she asks. Oh… I thought you went with Tim. How are you, Zoë? It's nice to see you.

Mrs Stevens seems sincerely happy though astonished to see the girl. She did not know her son was dating, especially not this girl from the English school, not the type of girl to be allowed out at night, alone, on weekdays.

– I'm fine, thank you, Mrs Stevens, answers Zoë politely.

She doesn't feel very much at ease, lying to this lady whom she hardly knows.

– Mum… Is Dad at home? Robin asks.

– No, darling. He's got an appointment tonight.

He'll be home by… well, who knows? He's usually late back from his evening business meetings. Mrs Stevens sounds upset.

– My father is an antiques dealer*, Robin explains to Zoë. Sometimes, he has to negotiate with foreign investors* whom he meets at their hotels, any time, day or night. Come and see his collection. Can we, Mum?

– Sure. Go on you two. But be good and don't touch anything. You know your father, Robin.

Robin shrugs and shows Zoë the way to the study. The room is large and cosy, the walls are covered with paintings, in the middle stands a huge wooden desk that is buried under piles of paper. Recently burnt logs lie in a large marble fireplace.

Robin switches the lights on. The comfort and luxury of this room is a stark contrast to the rest of the house.

– Wow! Zoë cannot help exclaiming as the shelves emerge from the gloom. They are heavily loaded with dozens of objects, all Asian looking: ivory pipes, wooden carvings, jewels, marble statues and preciously painted porcelains.

– They're beautiful. Zoë is at a loss for words.

– They are. It all comes from the Far East and dates from the seventeenth to nineteenth centuries.

– Your father must be very rich?

– Well, I guess he is, but it's his job. He trades* this kind of things, although these are his own private collection. Be careful! Don't touch; they're fragile.

– I wouldn't, Zoë whispers, impressed. Hasn't your father noticed the missing statuettes? I mean… the ones that you sold in order to pay Mr. Dave.

– Not yet, but he soon will. That's why I wanted to

look round his study. Please help me, Zoë. If I can find my father's restorer's address, I could ask him to copy the five horse statuettes. He's an old friend of my mother's. As a matter of fact, I think he introduced her to my father years ago. He'll help.

– But why do you want these statuettes copied?

– It's the only way to prevent my father from noticing that they've gone. Just long enough to give me time to slip away unnoticed.

– Are you sure you want to leave, Robin? It won't be safe for you on your own, and even if your Dad is… is not like you would like him to be, he's your father, and your Mum seems kind. You…

– You don't know him. He would do anything to get rid of me and, at the same time, he won't let me go. He's so proud of his little… performing monkey, always boasting of my being a bright student, always taking advantage of my success at school, at cricket, at anything. But he's never asked me what my real interests are. He never pays any attention to what I really need and want.

– But your Mum will be desperate, your friends too. I'll miss you myself.

Slightly embarrassed, Zoë stares at her feet.

– Err… My Mum is very kind, but she is part of the problem. She lets him behave as he wants, she never contradicts him, she stays at home all day long, without even the basic necessities, no heating, no comfort, and she doesn't dare ask for money. If she wants something for herself, she has to exchange a personal belonging 'cause she can't pay with money. Anyway… I'll write to her and to… my friends and one day, when I'm grown-up, I'll come back. Free.

– But what if you get caught?

– I won't, Robin asserts boldly. Now let's have a look at these papers before my father comes home. I'll show you how.

The two kids begin piling up mail, invoices* and notes according to Robin's instructions. From time to time, Zoë glances at her jacket where the twin kittens are still sleeping.

– How can you make any sense out of this stuff, Robin? It's so technical and boring. If it weren't so important to you I'd fall asleep reading it.

– My father's taught me a lot about his business; he wants me to stop studying after my A levels* and join him in the business.

– Wouldn't you like to? It must be a fascinating job, buying all these marvellous precious things.

– I hate antiques. I want to be an explorer, a sailor maybe. These old things that cost a fortune disgust me. But for the moment… Oh! oh! He stops suddenly. How strange…

As Zoë turns towards her companion, she glimpses two fur balls rolling down behind an armchair.

– Oh! Attila! Attila! Stop! Come here, you two.

Zoë tries to sound commanding without making too much noise, which is a very difficult thing to do. She crawls around the heavy furniture. But the kittens are having so much fun that they don't take any notice of her efforts. She almost has Attila's brother in her grasp when she's paralysed by the terrible noise of shattering glass.

– Oooh, no… Robin! What has he done?

She bursts into tears when she sees a pale blue Chinese vase lying in pieces on the floor. But she stops in amazement when she notices Robin, scrutinizing a letter as if nothing had happened.

– Robin! Look! Are you so angry that you don't even want to look at me, to talk to me? Robin, your Dad will kill me… and you.

– I bet he won't, Zoë. Trust me. He won't ever harm me or any of my friends again.

Chapitre 11
Les héros sont fatigués

– Julie ! Qu'est-ce que tu fais là ? chuchote Annabelle
à sa sœur qui guettait le retour de la fugueuse*.

– Inutile de parler si bas, il n'y a que Paul à la maison.
Papa et Maman sont partis au commissariat*. Ils se sont
aperçus que tu n'étais pas dans ta chambre. Impossible
de les raisonner.

– Oh non !

– Mais d'abord, qu'est-ce qui t'a pris ? C'est dange-
reux de sortir comme ça toute seule le soir. Tu aurais
au moins pu me prévenir. Je me suis inquiétée moi
aussi, grogne Julie.

– Je t'expliquerai plus tard. Il faut d'abord prévenir
Papa et Maman que je suis rentrée saine et sauve à la
maison. Papa a son portable sur lui ?

– Tu penses !

Le coup de fil est bref et efficace. Le docteur Valentin
ne fait aucun commentaire, ne pose aucune question :
« On s'expliquera à la maison ».

– Aïe, aïe, aïe ! grince Annabelle en raccrochant.
Quand Papa va voir ce que je lui ramène, en plus !

– Quoi ? crie presque Julie. Quoi encore ?

– Ben… Voilà.

Annabelle ouvre la porte de la cuisine où se sont réfugiés, silencieux, Mélanie et Timothée. La tête enturbannée d'un chiffon verdâtre maculé de sang séché, soutenant son bras en grimaçant, pâle comme un linge, Timothée fait mauvaise figure.

– Qu'est-ce…

– Je t'expliquerai plus tard.

– Oh ! Oh ! Oh ! Je commence à en avoir assez moi de tes « Je t'expliquerai plus tard », s'insurge Julie. Tu mets toute la maison à feu et à sang, tu nous empêches de dormir, à cause de toi Papa va être d'une humeur de chien pendant des jours et je n'ai même pas droit à une petite explication ? !

– Pardon sœurette, pardon. Voilà… Oups !

Annabelle s'interrompt : Timothée est en train de glisser de sa chaise lentement et va tomber sûrement sur le carrelage si personne n'intervient.

– Voilà qu'il retombe dans les pommes[*] ! Cela lui est déjà arrivé dans le taxi en venant. Vivement que Papa soit là !

– C'est la meilleure ! clame Paul en descendant l'escalier. Tu vas pourtant passer un moment un peu… violent, ma vieille. Qu'est-ce qui a bien pu lui arriver à ce pauvre Tim ? Ouh, là, tu ne m'as pas l'air bien, mon gars, en effet.

– Paul ! Laisse-le tranquille. Annabelle s'interpose entre son frère et Timothée. Ce n'est pas le moment de faire de l'humour : tu vois bien qu'il est blessé.

– Hum, hum. Calme, petite sœur, calme. Je te rappelle que ton protégé est un grand gaillard solide. Il ne va pas mourir d'une petite encoche au crâne.

– Les voilà, interrompt Julie.

Monsieur et Madame Valentin trouvent tout ce monde assemblé dans la cuisine au milieu des cartons de Coca Cola, des montagnes de serviettes en papier et des moules à gâteau prêts pour le lendemain. Affalé sur sa chaise, sanguinolent, son pansement de fortune lui tombant sur l'œil, Timothée est au centre de l'arène.

– On dirait que la première urgence est sur cette chaise, annonce le père d'Annabelle en foudroyant celle-ci du regard. Mais tu ne perds rien pour attendre, ma fille.

Annabelle s'efface pour laisser son père examiner Timothée. Heureusement qu'il est médecin !

Madame Valentin fait passer tout le monde dans le salon alors que son mari s'apprête à recoudre* le crâne de Timothée. Elle croise les bras sur sa poitrine, s'adosse à la porte et énonce d'une voix claire et ferme :

– Maintenant, les filles, expliquez-moi ce qui s'est passé. Honnêtement, ça vaudra mieux.

Mélanie et Annabelle se consultent du regard. Durant le trajet en taxi, elles ont mis au point une version avouable de leur mésaventure.

– Voilà, Maman, commence Annabelle. On a créé un club de secours aux chats du quartier « Les Amis des Chats en Détresse », ça s'appelle. Il s'agit de fournir à tous les chats abandonnés de la nourriture, un abri et de quoi se réchauffer.

– Plus tard, on essaiera aussi de faire parrainer chaque chat par un membre du club qui sera chargé d'essayer de le faire adopter par une famille, ajoute Mélanie.

– Bon, et alors ? interrompt sèchement Madame Valentin.

– Alors on avait rendez-vous à midi pour mettre en commun la nourriture et les chiffons que chacun avait pu récolter. Les garçons étaient chargés de les apporter dans la cabane du terrain vague où se réfugient les chats.

– Quel terrain vague ?

– Tu sais bien, Maman, derrière l'école.

– Ah ! Là où ils doivent construire le nouveau terrain de sports pour le lycée ? Mais… ce n'est pas clôturé ?

– Hum… Il y a un trou dans la barrière…, murmure Annabelle.

– Oui, mais c'est les garçons qui devaient y aller, Madame Valentin, pas nous, intervient Mélanie.

– Excuse-moi, Mélanie, mais sauf erreur, vous aussi, les filles, vous avez fait le mur, il me semble. Continue Annabelle.

– Donc les garçons devaient apporter tout cela à la nuit tombée pour ne pas se faire voir. On avait pensé que, comme ils sont plus grands et que ce sont des garçons, c'était moins risqué.

– Et bien voyons, on a bon dos. On joue les chevaliers servants et on finit le crâne fracassé. Pauvres hommes ! ironise Paul du haut de l'escalier.

– Laisse-la parler, Paul, le coupe Julie. Sinon on te demande pourquoi tu restes devant ton ordinateur pendant que tes copains volent au secours des animaux en détresse et font les gardes du corps des filles.

– Bon, qu'est-ce qui s'est passé finalement ? Pourquoi vous êtes-vous retrouvées dans ce terrain vague en pleine nuit ? Qu'est-ce qui t'a amenée à faire le mur, Annabelle ? C'est la première fois que tu nous fais un coup pareil. Je l'espère du moins.

– Et bien vers dix heures, Mélanie m'a téléphoné pour me dire que Tim n'était toujours pas rentré, qu'elle commençait à s'inquiéter et qu'elle allait voir. Je ne pouvais pas la laisser y aller toute seule.

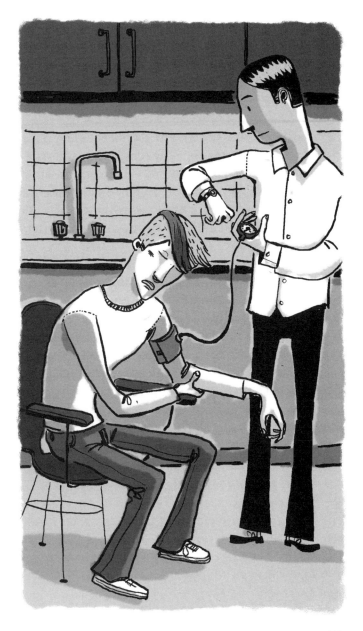

– En effet. Ta mère est au courant, Mélanie ?

– Non, mais, vous savez, je crois qu'elle s'en fiche.

Madame Valentin regarde Mélanie, soupire et revient à l'interrogatoire de sa fille.

– Comment Timothée s'est-il retrouvé dans ce triste état ?

– On ne sait pas exactement. Il ne se souvient plus. Il pense qu'il a été attaqué par un type qui squatte, dans le terrain vague. Il faisait sombre, il n'a rien vu venir.

– Mais, il n'était pas tout seul. Que sont devenus les autres ?

– Oh, Robin… il a bien d'autres chats à fouetter, c'est le cas de le dire.

– Bon, ça y est, annonce le docteur Valentin en sortant de la cuisine suivi d'un Timothée un peu chancelant. Mélanie et Timothée, voilà de quoi prendre un taxi pour le retour. Tout de suite, hein, pas de détour. Je ne vous explique pas comment rentrer dans vos chambres si vous voulez éviter les ennuis avec votre pauvre mère… Les enfants, montez. Toi aussi, Annabelle. J'ai à parler à ma femme.

Chapter 12

Dirty business

– My father manipulated me! He knows Mr. Dave! cries Robin, the letter in his hand.

– What? What is it? asks Zoë.

– Listen to what it says in this letter:

"Dear Mr. Stevens,

I took delivery of the *five little ones* as agreed.

I would like to thank you again for this rare opportunity. I am fully aware that it will be some time before we can *put them back to sea,* but I still think they are tradable pieces. The FEMOS filed their lawsuit two months ago. We will therefore have to wait for another six months before visiting any occidental museum. In the meantime, I'll go to the *Red Sea.* I enclose photocopies of the 50 notes as agreed.

My son David sends you his best regards.

Yours sincerely,

William S. Michelob"

– I don't understand. What does it mean?

– It means, Zoë, that the dealer I sold my father's five Chinese statuettes to, Michelob, is nobody else than Mr. Dave's father! Also, that these five horse statuettes had been stolen from the Far East Museum of Switzerland, what he calls the FEMOS in the letter. Michelob will try and sell them to some Middle Eastern private collectors, "the Red Sea", then as soon as the museums' claim is forgotten.

– Does it mean that… that your father is a thief?

– No! No, he didn't do it himself. He might even have bought the statuettes without being aware that they had been stolen. But this letter proves that he knew at some point.

– I see. And then he needed a real crook in order to sell them discreetly.

– Yes. Michelob.

– But how do you know that he's talking about your statuettes? It might be something else.

– Remember in the letter he talks about "photocopies of the bank notes"?

– Yes, what's that about?

– When you don't want to issue a receipt, usually because you're doing something illegal, it's customary to ask for a photocopy of the bank notes to keep track of their numbers. And do you know what fifty 100 dollar notes are worth?

– Err… 5,000 dollars?

– Exactly. Exactly the amount I paid for the passport.

– So the money you gave Mr. Dave will come back to your father via Michelob?

– Yes. My father used me to make the transaction in his place. He organised the trap with his good friend Michelob and Michelob'son, David or "Mr. Dave". Mr. Dave demanded 5,000 dollars for the passport. Then Michelob said to me that the five statuettes were worth the same price. In the end, I sold the statuettes

in lieu of my father and he got the money! And if the police ever find something, my father can always argue that his son, a minor, stole the statuettes and that he did not know he had bought stolen goods in the first place!

– That's terrible!

– I told you I had good reasons for leaving.

– What are you going to do now? He's still your father. If you go to the police, you will be in trouble, your mother will be upset, and you'll be expelled from school.

– I know. If it weren't for my Mum…

At that very moment, Mrs Stevens comes into the study. She is shivering and her face is pale and she's wringing a wet handkerchief in her hands.

– Mummy! What's up? Why have you been crying?

Robin takes his mother's hand and kisses it tenderly. Zoë feels distressed at seeing this lady so upset and she feels uncomfortable witnessing such a private scene.

– I heard a noise and… and thought you might have broken something in your father's collection, she mumbles. So… I was too afraid. I did not dare to come and see the damage. Oh, my God! What have you done, my poor children! she cries, when she sees the broken vase on the floor.

– Don't worry Mum. Take it easy. Sit down here, in the armchair. Robin tries to cheer her up as if she were the child. Listen, I was thinking of contacting Dad's restorer in order to have the vase copied. Dad wouldn't notice. What do you think?

– Oh, you mean Harry! What a good idea! Let's call him.

Mrs Stevens seems so relieved that a solution has been found that she doesn't even hesitate to consider deceiving her husband!

– I'm always amazed at your presence of mind, Robin, she adds smiling.

As is Zoë, who is stunned by how quickly Robin has taken advantage of the situation and changed his plans. *This guy is really smart*, she thinks, although she feels a little worried by his duplicity.

– Oh! Look at these darlings! They're so lovely! Look at them! Are they yours, Zoë? Mrs Stevens exclaims when she notices the kittens.

She picks them up and caresses their fur, obviously overcome with tenderness. Zoë and Robin exchange a knowing look: she is so spontaneous, so frail and so touching.

– Zoë. Would you give me one, dear? You do have two and I've always wanted a cat. All right, all right, Robin, I know what that look means; your father won't

like it, but… they're so small. I could hide it as soon as your father comes home? she pleads.

– He won't see it, I'm sure, I'll help you keep it secret, Mum. But I don't know whether Zoë wants to give her kittens away. Robin smiles openly, knowing that Zoë couldn't have dreamed of a better solution for her charges.

– You can have them both, Mrs Stevens. I'm happy to give them to you in compensation for the broken vase.

– No, no, no. I can't accept, Zoë. Or else… Let's make a swap: I take the kittens, and I'll give you my earrings.

– Thank you, Mrs Stevens, but I can't accept such a beautiful present.

– Yes, you can.

– What would my parents think? That I stole them?

– You're right, dear. Do you like scarfs? It's a far less valuable present, but I do have some very nice ones. It's my only luxury. Come and choose one.

Climbing the stairs to Mrs Stevens' room, Zoë and Robin smile at each other. Inside Mrs Stevens' chest of drawers, are at least thirty scarfs of all sizes and colours.

– Pick any one you like, Zoë. Go ahead, encourages Robin.

Bending over the drawer, Zoë unfolds each of the scarves, touches the soft muslins and caresses the silks.

– What about this one? Would you miss it very much? She asks with a triumphant smile as she holds up a… wonderful green scarf. It's so light that it seems to be made of butterflies' wings, and has a beautiful design of a blossoming tree covered with snowy pink flowers. The exact replica of the one she had purchased for Annabelle.

Chapitre 13

Traître malgré lui

Dans le taxi, Timothée reste silencieux, alors que Mélanie ne cesse de s'extasier sur les parents Valentin qui sont si « cools », si modernes, et leur maison est tellement sympa, et Paul a même son propre ordinateur dans sa chambre et Annabelle une armoire dont elle seule détient la clé…

– Tu te sens bien Tim ? T'es sûr ?

Mélanie a un peu oublié d'en vouloir à son frère : sa blessure l'a attendrie. Il a quand même affronté à mains nues la brute qui l'avait agressée quelques minutes auparavant. Il faut dire aussi qu'elle a maintenant une monnaie d'échange au cas où Timothée menacerait encore de rapporter à Maman l'histoire du vol de l'anorak. Enfin, tout cela lui paraît un peu dérisoire, un peu enfantin au regard d'une véritable agression par un véritable gangster. Les événements de ce soir repassent sans fin dans sa tête et elle ne cesse de les commenter à haute voix.

– Tu peux pas te taire un peu ? J'ai mal à la tête, geint Timothée.

– Qu'est-ce qu'on va dire à Maman, t'y as pensé ?

Les parents d'Annabelle vont lui téléphoner demain, c'est sûr.

– La même chose qu'aux Valentin, ce serait préférable.

– La même chose que ce que j'ai dit à Madame Valentin ?

– Ben… oui.

– Ou la même chose que ce que tu as dit à Monsieur Valentin ?

– Qu'est-ce que tu veux dire ?

– J'ai pas l'air comme ça, mais je ne suis pas complètement idiote. S'il a renvoyé tout le monde pour parler à sa femme au lieu de passer le savon promis à Annabelle, c'est que tu lui as dit quelque chose qui justifiait qu'il parle à sa femme en priorité, avant même de régler son compte à sa fille.

Timothée ne répond pas et repose sa tête endolorie sur l'appuie-tête.

– Bon, puisque tu ne dis rien, on va raconter à Maman l'histoire des pôv p'tits chats perdus et des gentilles p'tites filles qui volent à leur secours avec l'aide des audacieux garçons. OK ?

– J'vois qu'ça, bougonne Timothée, les yeux fermés.

– Tu t'en fiches, toi, tu sais qu'elle gobe tout ce que tu lui racontes, alors que moi…

– Arrête avec ça.

– Non, j't'assure, Tim, j't'assure…

Est-ce toute cette tension accumulée ? le fait d'avoir passé une heure dans la famille d'Annabelle qu'elle admire tant ? Ou a-t-elle vraiment eu peur pour son frère ? Toujours est-il qu'à son propre étonnement, Mélanie sent des larmes couler sur ses joues. Dans la pénombre du taxi, cela ne se voit pas, mais elle ne peut s'empêcher de renifler.

– Qu'est-ce qui se passe ? Tu pleures ?

– *Don, don…*

– Si, tu pleures, j'entends bien. C'est à cause de ce que tu as dit sur Maman ? Qu'elle ne te croit jamais, c'est ça, hein ?

– T'es son chouchou, gargouille Mélanie.

– Allons, tu te montes la tête, Méla, j't'assure. Maman n'a pas de préférence entre nous deux. Elle a peut-être juste un peu plus de patience avec moi parce que je suis un garçon et que je lui rappelle… notre père, mais c'est tout.

– Ah, tu *bois…*

– Mais, c'est rien, ça veut rien dire. Tiens, prends mon mouchoir.

– …'*ci…*

– Bon, écoute, si ça peut te consoler je vais plaider ta cause pour l'anniversaire d'Annabelle. Je proposerai à Maman de t'accompagner. De toute façon, dans l'état où je suis, je ne peux pas jouer au cricket.

– Tu crois qu'il va avoir lieu cet anniversaire ? Après tout ce qui s'est passé ?

– T'as pas vu comme tout était prêt ? Les plats pour les gâteaux, la déco, tout… Ça m'étonnerait que ce soit annulé.

– Tu sais, si Annabelle est punie…

– T'en fais pas, elle ne sera pas punie.

– Toi… tu as raconté quelque chose à Monsieur Valentin pendant qu'il te recousait le crâne !

La colère la reprenant, Mélanie oublie ses larmes.

– Tu t'es laissé manœuvrer. Je suis sûre que tu lui as raconté que j'avais mis ton agresseur sur ta piste, que c'est à cause de moi si tu as été agressé. Je comprends maintenant pourquoi Annabelle s'en tire dans ton histoire : si elle a fugué pour voler à mon secours, c'est tout à son honneur, bien sûr. Et qui est le dindon de la farce ? Mélanie !

– Ça vous fera 16 euros, les mômes, interrompt le chauffeur de taxi. Et puis vous feriez mieux de vous réconcilier : c'est jamais bon de s'endormir sur un chagrin.

– Mais on n'est pas fâchés, c'est juste qu'on parle pas de la même chose, lui répond Timothée.

– Oh, vous savez, c'est toujours parce qu'on ne parle pas de la même chose qu'on se fait la guerre : dans les familles, entre les pays, partout. Vous verrez. Allez. Bonne nuit.

Timothée semble réfléchir. Avant que Mélanie ne franchisse le rebord de sa fenêtre, il la retient par le bras.

– Autant que je te le dise. T'es ma sœur, quand même.

Mélanie hésite entre le plaisir de la confidence et un reste de méfiance.

– Voilà : quand il a commencé à me recoudre, j'ai de nouveau failli m'évanouir. Et à ce moment-là… j'ai laissé échapper 5 000 dollars de ma poche.

– Pardon ? ! articule Mélanie, estomaquée.

– Oui, 5 000 dollars. Cash.

– D'où ça venait ? T'as pas fait un sale coup au moins ? Timothée !

Cette fois Mélanie est vraiment inquiète. Faire des fugues pour traîner avec ses copains sur le terrain vague, ça allait, raconter des mensonges à Maman aussi, menacer sa sœur, admettons que ce soit de bonne guerre, mais pas ça ! Mélanie ne veut pas d'un frère gangster. Et s'il allait en prison ?

Avant même qu'elle ait eu le temps d'exprimer tout cela, Timothée l'interrompt :

– Ce n'est pas ce que tu crois. C'est de l'argent que j'ai pris au mec dans la bagarre. Il venait de faire un deal avec Robin.

– Robin ? !

Ça passe les bornes ! Il est encore plus difficile d'imaginer Robin que Timothée dans une sale affaire ! Mélanie ne sait plus que penser.

Timothée rit. Lui aussi a bien du mal à imaginer Robin en gangster.

– Non : j't'explique. Mais passe la fenêtre d'abord, il fait froid et on va finir par se faire repérer.

Après que Timothée lui a raconté toute l'histoire du faux passeport, du vol des statuettes et de la fugue prochaine de Robin, Mélanie le dévisage, outrée :

– Tu as raconté tout cela à Monsieur Valentin ? ! Tu as trahi Robin ? ! Ça ne te gêne pas ?

– Un peu, mais un peu seulement, parce que de toute façon, dès demain matin, tout se serait su.

– Pourquoi ?

– Quand j'ai ouvert le portefeuille de Dave, il n'y avait pas seulement l'argent. Il y avait aussi la copie d'une lettre adressée par un certain Michelob au père de Robin. J'ai mis un certain temps à comprendre ce que cette lettre signifiait. Mais j'en suis sûr maintenant : Robin n'aura plus besoin de partir en fraude aux États-Unis : bientôt son père sera en prison.

Chapter 14
Strange coincidence

When Zoë wakes up the next morning, her body feels as if she had spent the whole night running, climbing mountains and screaming. Her limbs are heavy, her throat is dry, and all her muscles ache. With her eyes still closed, she slowly recalls all that happened last night and then smiles happily. From downstairs, she can hear Rosie babbling.

The smell of baking reaches her nose; Mum has taken a day off so that she can bake a cake and then drive her to Annabelle's party. What will she be making? A Victoria Sponge? A Sticky Date Cake? An apple pie? Zoë's stomach rumbles loudly and she rushes downstairs for breakfast.

– I wondered whether you'd wake up before the party started! It's eleven thirty! exclaims Mum.

– Err… I guess I was tired. Cookies! Great! Thanks, Mum. Oh, and there are lots of them. I love you Mummy!

Zoë kisses her mother enthusiastically; she knows her mother would have preferred baking a traditional English treacle tart, but American cookies are Zoë's favourite.

– Your friend, Mélanie, phoned. She wanted to know whether we could give her and her brother a lift to the party. I said yes. They'll pop over at one o'clock.

Zoë can't help feeling very surprised: neither Timothée nor Mélanie were supposed to go to Annabelle's party. In any case, she wouldn't have thought that Mélanie would ask HER for a lift.

Her surprise doesn't prevent her from eating such a large breakfast that her mother has to stop her:

– We'll be having lunch in an hour. You won't be hungry.

– I feel like I could eat a horse!

Rosie stares at her sister as if she is waiting for something. Then she frowns and taking her thumb out of her mouth asks in a tiny but clear voice:

– Kitty?

– I don't know where she saw a cat nor where she learnt the word, but she's been repeating that all morning. With my allergy I hope there's no cats around! Mrs Dallibert exclaims.

At this very moment, Mrs Dallibert sneezes. Zoë figures it must be her clothes and hair, still impregnated with the cat hair from last night. Lucky that she has already found a home for Attila and his brother!

– I think I'll wear my red T-shirt, Mum. Can I iron it before lunch? asks Zoë trying to change the subject.

– Don't worry, darling, I'll do it with the rest. Why don't you get me your uniform and I'll do that as well.

Zoë has almost forgotten about the torn uniform, rotting away in a metal drum in the old shed… the whole thing seems so remote and so ludicrous!

– I… I left it in the gym at school, Mum. I'll bring it back on Thursday.

– Well, I hope it wasn't among the things that were stolen from school yesterday.

– What?! Was there a robbery at school yesterday?

– That's what Mélanie told me on the phone this morning. She says the English School is threatening to cancel the agreement with the lycée. I must say that, since they started sharing premises with the French lycée, the English School is not what it used to be. And now, this…

Zoë is bewildered; what a coincidence! She hid the uniform in the vacant lot with this sort of excuse in mind and, the very next day, the excuse is validated. Zoë cannot see any logical explanation; but the events of the previous night have taught her that things and people are not always what they seem.

– I hope it's not among the stolen things, she answers cautiously.

– So do I. Oh, Zoë, I forgot to tell you that Robin phoned as well.

– I'll call him right back, says Zoë, rushing straight to the sitting room and leaving Mrs Dallibert speechless.

Robin's voice is clear and bright as he picks up the phone:

– Zoë, hi! I called at nine this morning. Don't tell me you just got up!

– Well… almost. I was exhausted. Weren't you?

– I've had no time to be tired, answers Robin. This morning Mr. Valentin paid us an early visit and guess what? He brought my 5,000 dollars back!

– How come?

– It's a long story. Timothée did come to the terrain vague last night as we had planned. He watched out for me while I was with Mr. Dave. But as he was about to join me… I should say US, in the shed, he was attacked. Apparently Mr. Dave didn't leave immediately. During the fight, Tim managed to take the money without Dave noticing but poor Tim was badly hurt.

– But what has Mr. Valentin got to do with it?

– To cut a long story short, Tim went to him for stitches*, you know he is a doctor.

– I see. Timothée betrayed* you… You can't trust anyone in that family.

– He didn't do it on purpose; he fainted* and the money fell out of his pocket. How was he supposed to think of a convincing cover story, with his head bleeding and Mr. Valentin about to give him stitches…

– Yuk! says Zoë shivering.

– Mum and Mr. Valentin talked for a long time. Then, Mr. Valentin phoned Michelob. He was told that Michelob had left early in the morning with his son David. I guess that after the loss of the money and the fact of the letter, they thought it safer to go abroad for a while. I wouldn't be surprised if they took a plane to the States. I hope their passports are as lousy as mine!

– Good riddance!

– After that, Mum called Harry, you know, my father's restorer. Mum is going to give him the money together with the letter for safekeeping.

– What for?

– Mum doesn't want my father to be arrested for receiving and handling stolen pieces of art. She thinks it would ruin all of our lives. Harry is trustworthy. He'll keep the proof of my father's guilt so that he cannot harm us anymore.

– It's blackmail.

– In a way. But at least he won't go to jail. He just has to be nice to my Mum and leave me alone to follow my own path. After all, it's not a bad deal for him: his freedom and reputation in exchange for behaving in a normal caring and respectful way.

Chapitre 15
Happy birthday, Annabelle!

Depuis un quart d'heure, Annabelle ne fait qu'ouvrir la porte sur de nouveaux arrivants. Il lui semble être prise dans un tourbillon de baisers et de cadeaux. Elle doit débarrasser ses invités de leurs manteaux, les orienter vers le buffet, remercier ceux qui lui offrent tout de suite leur cadeau. Heureusement, Julie l'aide beaucoup.

Elle a fermé les rideaux du salon et Paul s'occupe de la musique. Il a prévenu qu'il les laisserait se débrouiller à quatre heures pour aller au tennis, mais Annabelle et Julie n'ont eu qu'à échanger un regard pour se comprendre : il fait celui qui n'est pas intéressé, mais bien sûr il restera jusqu'au bout !

– Méla ! C'est super ! Je croyais que ta mère ne voulait pas que tu viennes ! s'exclame Annabelle, le sourire jusqu'aux oreilles, ouvrant la porte sur ses amis.

– Tim l'a convaincue et lui a promis de me raccompagner.

– Ouais… De toute façon, je ne pouvais pas aller au cricket, alors…

Alors que Timothée raconte ses exploits de la veille en prenant garde à ne rien dire des « affaires » de Robin,

Zoë peut enfin interroger Mélanie :

– Is it true there was a robbery at school?

Mélanie éclate de rire :

– Bien sûr que non ! J'ai trouvé ton uniforme hier soir dans le bidon et j'ai bien pensé que cela te poserait des problèmes d'expliquer sa présence là-bas. Alors, j'ai dit ça à ta mère pour qu'elle s'imagine qu'on te l'avait volé.

– It's not right! It's a lie. I don't like to lie to my parents…

Mais en le disant, Zoë se rend compte que c'est ce qu'elle avait prévu de dire à sa mère.

Mélanie a l'air vexée.

– Sorry. In fact, thank you. It was a great idea! I really didn't know what to say about the missing uniform. If only she wouldn't buy me a new one before Easter!

– Pourquoi ? J'adorerais avoir un uniforme, répond Mélanie au grand étonnement de Zoë. C'est tellement chic !

– You think so? How strange… Mum thinks so too…

– Hi girls! interrompt une voix derrière Zoë. C'est Robin, arborant sa plus blanche chemise et son plus grand sourire.

– I didn't know you were coming! dit Zoë, à la fois étonnée et ravie.

– Well, now that I don't have to play cricket anymore…, répond Robin.

Zoë sourit et l'emmène vers le buffet.

– There are plenty of candies and I brought some homemade cookies, murmure-t-elle comme si c'était un secret.

Mélanie ne peut réprimer un petit pincement au cœur en les voyant ensemble. Elle cherche Annabelle des yeux pour lui prouver la trahison de Zoë, puis se reprend. D'ailleurs Annabelle est en grande conversation avec Tim.

Maintenant que tout le monde est là, le salon des Valentin semble minuscule. Mélanie observe tout avec minutie. Si Maman reste dans l'état d'esprit de ce matin, elle aussi pourrait peut-être inviter tout le monde pour son anniversaire en juin… Depuis le coup de téléphone de Madame Valentin ce matin, Maman est vraiment d'une humeur différente, s'étonne Mélanie une fois de plus.

– I heard you were out last night?

Michael la sort de sa rêverie.

– Err… Yes.

Mélanie ne sait pas exactement ce qu'il connaît des événements d'hier.

– Tim told me you were very brave when this man attacked you. Did he have a knife? a gun?

Alors que Michael la bombarde de questions sur ses « exploits » de la veille, Mélanie ne peut s'empêcher de remarquer qu'il a lui aussi un très joli sourire. Plus charmant peut-être même que Robin finalement, pense Mélanie…

Annabelle est perchée sur une chaise :

– Je peux ouvrir mes cadeaux maintenant ?

– LES CADEAUX! LES CADEAUX! LES CADEAUX! crient toutes les voix présentes.

Annabelle commence à ouvrir les paquets : il y en a tant qu'elle doit déchirer les papiers dorés, couper les rubans multicolores pour gagner du temps. Elle s'extasie sur un collier de pâte de verre, empile les livres et se jette sur Paul pour qu'il passe tout de suite le CD qu'on vient de lui offrir.

Tout à coup un silence se fait. Tout le monde se

retourne. Robin et Zoë entrouvrent la porte de la cuisine et laissent passer deux chatons tigrés roux et noir, parfaitement identiques. Intimidés par tant de monde, ils hésitent à avancer dans la pièce. Chacun

porte une étiquette autour du cou.

Annabelle se précipite :

– « To Mélanie from Zoë » ! Mais c'est mon anniversaire, pas le tien, s'exclame-t-elle faussement jalouse en posant le chaton dans les bras de son amie. « To Annabelle from Robin ». Ah ! J'aime mieux ça !

– Are you sure your mother won't miss them, murmure Zoë à Robin. She seemed so desperate to have them yesterday !

– Oh, I knew what would happen. When she realised that she would have to feed them everyday, that they would moult fur all over the carpet and that she would have to clean out their box, she couldn't cope. I told you she's the one who suggested I give one to Annabelle.

– Hmm… It's a pity that my Mum is allergic…, soupire Zoë.

– Look at Mélanie ! Nothing could have pleased her more than your kitten.

– Merci Robin, dit Annabelle en l'embrassant sur la joue.

– You and your family are the ones to be thanked, Annabelle, répond-il en l'embrassant à son tour.

– Merci, Zoë, je ne sais pas ce que va en penser ma mère, mais je suis prête à me battre pour garder Gandhi.

– Gandhi ? !

– Oui, je l'ai appelé Gandhi, parce qu'il est le symbole de la paix. Et puis, il semble aussi pacifique que son frère est turbulent, ajoute Mélanie, le visage enfoui dans la fourrure du chaton pour un câlin de plus.

– Here's my present, Annabelle, dit Zoë en lui tendant son paquet.

Annabelle l'ouvre précipitamment. C'est un…

magnifique foulard vert, si léger qu'on le dirait fait d'ailes de papillon, représentant un arbre couvert de fleurs roses neigeuses.

Annabelle a l'air étonnée. Elle se tourne vers Timothée :

– C'est bizarre. On dirait le vieux chiffon que tu avais hier soir pour panser ta blessure.

– Hmmm… Oui, c'est vrai, ça ressemble…

Zoë les interrompt. Mieux vaut ne pas avoir à expliquer les origines du foulard !

– Tell me if you don't like it, plaisante-t-elle.

– Je l'adore ! C'est juste que la vie est pleine de coïncidences ces jours-ci.

Et Annabelle se dit qu'avec tout ce qui s'est passé de surprenant la nuit dernière, son anniversaire est bel et bien une « surprise party ».

– LE GÂTEAU ! LE GÂTEAU ! LE GÂTEAU ! crient maintenant toutes les voix présentes. Paul vient d'éteindre les lampes et Madame Valentin entre, portant devant elle un énorme gâteau rond couvert de pâte d'amande rose et de bougies scintillantes.

– Annabelle, viens souffler, vite c'est lourd ! s'écrie-t-elle. Venez m'aider les filles !

Mélanie et Zoë se précipitent et c'est entourée de ses deux meilleures amies qu'Annabelle prend son souffle et se penche sur son gâteau d'anniversaire.

VOCABULAIRE / VOCABULARY
QUIZ
RECETTES / RECIPES

BONUS

Agresser (se faire) : être attaqué physiquement par quelqu'un.

Anorak : veste fourrée portée à l'origine par les Inuits.

Assommé : étourdi à la suite d'un coup sur la tête.

Boiter : marcher en traînant une jambe.

Cabane : petite maison grossièrement construite.

Chantage : action d'exiger quelque chose de quelqu'un sous la menace.
Ex : *si tu ne me donnes pas 50 euros, je révèle ton secret.*

Commissariat : bureaux de la police.

Confettis : petits morceaux de papier de toutes les couleurs que l'on jette lors d'une fête (carnaval, mariage…).

Dadais : garçon niais et maladroit.

Engrenage : (fig.) enchaînement de circonstances auxquelles on ne peut échapper.

Épouvantail : sorte de mannequin qu'on met dans les champs pour faire peur aux oiseaux.

Fil de fer barbelé : barrière en fer tressé.

Fugueur/fugueuse : personne qui s'enfuit de chez elle.

Guet (faire le) : surveiller.

Menace : action de faire craindre quelque chose à quelqu'un.
Ex : *menacer de révéler un secret.*

Mur (faire le) : (familier) sortir de chez soi sans l'autorisation de ses parents.

Recoudre : pour un médecin, rapprocher les bords d'une plaie avec du fil et une aiguille.

Savon (prendre un) : (familier) se faire gronder.

Terrain vague : terrain non construit, en friche, à l'abandon.

Tomber dans les pommes / les vapes : (familier) s'évanouir.

A levels: academic certificate that the English students get at the end of secondary school.

Antiques dealer: person who trades objects of a past period.

Barbed wired fence: knotted metallical fence.

Betray (to): to be unfaithful to one's friends or commitments.

Blackmail: threat issued in order to obtain something from somebody.
Eg. *To ask for money in exchange for the release of a prisoner.*

Bundle: things tied together.

Crook: person who makes a living by dishonest means.

Deal: business transaction.

Down jacket: warm jacket stuffed with feathers.

Faint (to): to lose consciousness.

Forger: person who makes copies (art, documents, money) for purposes of deception.

Headmaster / mistress: man/woman heading the staff of a school.

Hooligan: bad guy, trouble maker.

Investor: somebody who has extra money and buys things (antiques, houses…).

Invoice: list of goods sold with the price charged.

Kitten/kitty: a young cat / familiar way of calling a cat.

Limp (to): to walk with difficulty due to an injured foot or leg.

Mew (to): crying noise that a cat makes.

Playpen: portable enclosure in which a baby may be kept.

Pudding: dessert in Great Britain.

Shed: small roughly made building.

Stitches (to have the stitches done): sewing of wound.

Tatters (in): torn to pieces.

Trade (to): to buy and sell.

Vacant lot: piece of abandoned land between buildings.

CHAPITRE 1

1. *Combien d'amis Annabelle a-t-elle invités à son anniversaire ?*
a. 5
b. 20
c. 50

2. *La sœur d'Annabelle s'appelle…*
a. Julie.
b. Laura.

CHAPTER 2

3. *Zoë attends classes at the French lycée.*
a. true
b. false

4. *What present has Zoë bought for Annabelle?*
a. a bracelet
b. a scarf
c. a book

CHAPITRE 3

5. *Mélanie n'est pas autorisée à se rendre à l'anniversaire d'Annabelle.*
a. vrai
b. faux

6. *Qui est Timothée ?*
a. le petit ami de Mélanie
b. le frère aîné de Mélanie

CHAPTER 4

7. *What day are we?*
a. Monday?
b. Tuesday?

8. *Who is Attila?*
a. a cat
b. Mélanie's nickname

CHAPITRE 5

9. *Que s'est-il passé au lycée français ?*
a. Un vol a été commis.
b. Un chat a été trouvé.

10. *Qui est Robin ?*
a. le petit ami de Mélanie
b. le frère d'Annabelle
c. le meilleur ami de Timothée

CHAPTER 6

11. *What did Robin deal with Mr. Dave?*
a. a false passport
b. Chinese statuettes

12. *How much did it cost?*
a. 2,000 euros
b. 3,000 euros
c. 5,000 dollars

CHAPITRE 7

13. *Que fait Mélanie ?*
a. Elle va au cinéma.
b. Elle reste dans sa chambre.
c. Elle sort de chez elle en cachette.

14. *Mélanie connaît Mr. Dave.*
a. vrai
b. faux

CHAPTER 8

15. *Zoë overheard everything that was said between Robin and Mr. Dave.*

a. true
b. false

16. *She blackmails Robin so that he finds her cat.*

a. yes
b. no

CHAPITRE 9

17. *Annabelle a un téléphone portable.*

a. oui
b. non

18. *Timothée a été attaqué par Mr. Dave.*

a. oui
b. non

CHAPTER 10

19. *Robin's mother is…*

a. a strong-minded woman.
b. shy and fearful.

20. *What does Robin's father do for a living?*

a. He is an antiques dealer.
b. He is a sculptor.

CHAPITRE 11

21. *Timothée a pansé sa blessure avec…*

a. un morceau de l'anorak volé.
b. le foulard destiné à Annabelle par Zoë.

22. *Où Timothée se fait-il soigner ?*

a. à l'hôpital
b. chez le père d'Annabelle

CHAPTER 12

23. *Who is Mr. Michelob?*

a. Robin's father
b. Mr. Dave's father

24. *What did he do?*

a. He bought the Chinese statuettes from Robin.
b. He stole the statuettes from a museum.

CHAPITRE 13

25. *Que font Timothée et Mélanie dans le taxi ?*

a. Ils se disputent.
b. Ils se réconcilient.
c. Ils boudent.

26. *Timothée a pris les 5 000 dollars à Mr. Dave au cours de la bagarre.*

a. vrai
b. faux

CHAPTER 14

27. *Mélanie is now allowed to go to Annabelle's birthday party.*

a. right
b. wrong

28. *Timothée betrayed Robin.*

a. yes
b. no

Réponses / Answers p. 94

GÂTEAU AU CHOCOLAT

❶ Faites fondre le chocolat à feu doux
dans une casserole avec un peu d'eau.

❷ Ajoutez le beurre en morceaux et tournez lentement
pour lisser le mélange.

❸ Laissez refroidir.

❹ Cassez deux œufs dans une jatte ; séparez les jaunes
des blancs des quatre autres œufs. Ajoutez les jaunes
aux deux œufs.

❺ Ajoutez le sucre aux six jaunes et fouettez
pour obtenir une crème blanche mousseuse.
Ajoutez le parfum.

❻ Incorporez le mélange chocolat-beurre et mélangez.

❼ Fouettez les quatre blancs d'œufs en neige
et incorporez-les délicatement.

❽ Faites cuire 35 minutes au four à 175° C.
Testez la cuisson de la pointe du couteau.

❾ Faites bouillir la crème avec 100 g de chocolat.
Étalez sur le gâteau refroidi.

❿ Saupoudrez de cacao pour parfaire la présentation.

⓫ N'oubliez pas les bougies !

Ingrédients

- **200 g de chocolat noir
riche en cacao**
- **150 g de beurre**
- **6 œufs**
- **200 g de sucre semoule**
- **parfum
(1 cc de vanille
concentrée par ex.)**

Pour le glaçage
- **100 g de chocolat noir**
- **1 dl de crème liquide**
- **cacao pur en poudre**

FRAISIER D'ANNIVERSAIRE

❶ Préparez 3 génoises rondes de diamètres différents.

❷ Mixez les deux tiers des fraises avec le sucre.
Fouettez la crème jusqu'à ce qu'elle monte.
Mélangez-la avec le coulis de fraises.

❸ Coupez en deux les génoises et garnissez-les
de coulis et de fraises coupées en 4.

❹ Étalez au rouleau 3 disques de pâte d'amande.
Saupoudrez-les de sucre glace. Recouvrez-en chaque
génoise.

❺ Superposez les 3 génoises.

❻ À l'aide d'une poche à douille, décorez
avec le reste de crème fouettée.
Installez les éléments de décor de votre choix.

Ingrédients

- *1 sachet de préparation pour génoise*
- *250 g de fraises*
- *100 g de sucre semoule*
- *1/2 l de crème fraîche liquide*

Pour le décor
- *pâte d'amande rose*
- *sucre glace*
- *décors de pâtisserie*

CLASSICAL AMERICAN APPLE PIE

❶ Line a pie pan with half the pastry dough.

❷ Mix the sugar, salt, cinnamon, nutmeg and flour in a large bowl. Peel and slice the apples and toss them into the sugar mixture.

❸ Pile them into the pan and dot with the butter.

❹ Roll out the top crust and drape it over the pie. Crimp the edges and cut several vents in the top.

❺ Bake 10 minutes at 425° F then lower the heat to 350° F and bake 30 to 40 minutes more.

❻ Serve with whipped cream.

Ingredients

- *pastry dough for 9-inch two-crust pie*
- *3/4-1 cup sugar*
- *1/2 teaspoons salt*
- *1 tsp cinnamon*
- *1/2 tsp nutmeg*
- *1 1/2 tablespoon flour*

- *6 big apples*
- *2 tbs butter*

To serve: whipped cream

ENGLISH TREACLE TART

❶ Roll out the pastry and put it into a tart dish.
Prick the bottom with a fork.

❷ Cover with some aluminium foil and fill with dry beans
so that the pastry does not inflate.
Then bake it for 20 minutes (425° F).
Remove the beans.

❸ Place the syrup and butter into a small pan over
a low heat. Melt the butter. Beware that the syrup does
not become too hot.

❹ Allow to cool while you beat together the lemon zest
and cream.

❺ Gradually beat the tepid syrup into the cream then whisk
this into the beaten eggs.

❻ Pour into the pastry case and bake for 35 minutes
at 350° F until the filling is golden.

❼ Serve hot or cold.

Ingredients

- 8 oz shortcrust pastry
- 12 tablespoons golden syrup
- 1 oz butter
- 2 lemons
- 6 tbs single cream
- 4 eggs

1b	15a
2a	16b
3b	17c
4b	18a
5a	19b
6b	20a
7b	21b
8a	22b
9a	23b
10c	24a
11a	25b
12c	26a
13c	27a
14b	28b

● Tu as de 14 à 20 bonnes réponses
Between 14 and 20 correct answers

➜ Y a-t-il une langue où tu te sens moins à l'aise ?
Which language is more challenging for you?

● Tu as de 20 à 25 bonnes réponses
Between 20 and 25 correct answers

➜ Bravo !
Tu as lu attentivement !
Congratulations.
You read attentively!

Score

● Tu as moins de 14 bonnes réponses
Less than 14 correct answers

➜ Tu n'as sans doute pas aimé l'histoire...
Didn't you like the story?

● Tu as plus de 25 bonnes réponses
More than 25 correct answers

➜ On peut dire que tu es un lecteur bilingue !
You really are "a dual reader"!